arte é infância

Mari Mirú e as Cinco Moças de Guaratinguetá

VIVIAN CAROLINE LOPES

Coleção arte é infância
Pois arte é infância! Arte é não
saber que o mundo já é e fazer um.
Rainer Maria Rilke

*Para o meu pai, que me ensinou
a amar o Brasil nas viagens de
terra, de asfalto e da alma.*

CIP-BRASIL. CATALOGAÇÃO NA PUBLICAÇÃO
SINDICATO NACIONAL DOS EDITORES DE LIVROS, RJ

L856m

    Lopes, Vivian Caroline, 1982-
      Mari Miró e as cinco moças de Guaratinguetá / Vivian Caroline Lopes.
1. ed. - São Paulo : Ciranda Cultural, 2016.
      48 p. : il. ; 24 cm.   (Arte é infância ; 8)

    Sequência de: Mari Miró e o Abapuru
    ISBN 978-85-380-6794-8

     1. Conto infantojuvenil brasileiro. I. Título. II. Série.

16-36467   CDD: 028.5
                           CDU: 087.5

© 2016 Ciranda Cultural Editora e Distribuidora Ltda.
Texto © 2016 Vivian Caroline Fernandes Lopes
Ilustrações: Vivian Caroline Fernandes Lopes
Produção: Ciranda Cultural

1ª Edição
www.cirandacultural.com.br

Todos os direitos reservados. Nenhuma parte desta publicação pode ser reproduzida, arquivada em sistema de busca ou transmitida por qualquer meio, seja ele eletrônico, fotocópia, gravação ou outros, sem prévia autorização do detentor dos direitos, e não pode circular encadernada ou encapada de maneira distinta àquela em que foi publicada, ou sem que as mesmas condições sejam impostas aos compradores subsequentes.

arte é infância

Mari Miró e as Cinco Moças de Guaratinguetá

Ciranda Cultural

Ainda estava escuro e, no céu, a lua minguante e fina acompanhava Mari enquanto ela caminhava. Ela estava pensando na floresta e na riqueza de um Brasil que muitos não conhecem. Chegou a ruas antigas e já estava um pouco cansada, com sono. Viu uma pequena portinha bastante interessante.

Mari adora portas. Tem uma coleção de fotos e desenhos de portas. A janelinha ao lado da porta estava acesa, mas era alta e ela não alcançava. Decidiu bater. Essa porta não tinha campainha. Antigamente, poucas pessoas existiam no mundo e as casas não tinham tantas grades e portões e campainhas com câmera, barulho. As casas eram mais simples e a gente podia conhecer quase todo mundo que havia na rua, no bairro, até na cidade.

Assim que Mari bateu, um moço muito simpático abriu a porta. Sorriu. Ela logo deu uma espiada dentro da casa, ou melhor, quarto, já que não era muito grande. Pela sua vasta experiência, Mari percebeu que era um ateliê.

– Que nome esquisito. Ateliê. Parece que não é do Brasil.
– E não é mesmo, Mari. É um nome francês. E isso tem uma explicação.
– Ah, eu já sei qual que é. Eu mesma só passei por um monte de pintor de fora do Brasil. Demorou para eu chegar aqui! Parece até que a arte foi inventada lá nesses países...

– É... O que acontece é que a Europa saiu colonizando o mundo. E, por isso, por muito tempo a gente acreditou que eles eram melhores, mais inteligentes, mais artistas, mais ricos, mais tudo. Entendeu?
– E hoje a gente já não acredita mais?
– É... hummm. Mari, melhor deixar essa conversa para outra hora! Esse assunto vai longe...
– Tá bom! Eu vou é descobrir quem é esse pintor aqui! Que vive nesse lugar... É... Como eu posso chamar sem ser esse nome aí? Já sei: ARTERIA.

Percebi logo que era uma arteria, um lugar onde se faz arte. O moço era um pouco gordinho e estava com um paletó e uma camisa. Abriu a porta com um pincel na mão:
– Pois não? – E bastante surpreso porque era eu, continuou dizendo: – Ah, é uma menina... Olá, mocinha! O que você faz sozinha a uma hora dessa aqui na rua?
– Oi! Eu sou a Mari, muito prazer! – eu disse estendendo a mão para ele.
– Estou procurando um lugar para dormir esta noite! Acabei de voltar das obras da Tarsila do Amaral e elas me deram muito trabalho.

– Tarsila? Ah, minha amiga Tarsila! Por isso você veio parar aqui. Entre! Eu sou o Di. Di Cavalcanti. Você pode dormir aqui essa noite – ele disse um pouco apressado, já procurando ajeitar as coisas para eu sentar.

Fiquei muito feliz e encantada de entrar na arteria do pintor. Era tudo lindo. Percebi que ele gostava muito de desenho também. Ele arrumou o sofá com um cobertor, me deu uma xícara de chá e avisou que voltava logo cedinho.

— Ixi! Eu atrapalhei seu trabalho? – perguntei preocupada.

— Não... Imagina! Já estava mesmo na hora de parar. Eu vou deixar você descansar aí com as minhas obras, que amanhã é outro dia.

E foi embora.

É claro que eu não conseguia dormir. Depois que o Di saiu, eu comecei a olhar tudo o que tinha lá. Uma coisa mais linda que a outra. Vi uns desenhos muito legais em cima da mesa.

– Olha só esse! Que mulher linda... E o gatinho ao lado respondeu:

– Você não viu nada!

– Ah, é? – respondi. – Então me mostra.

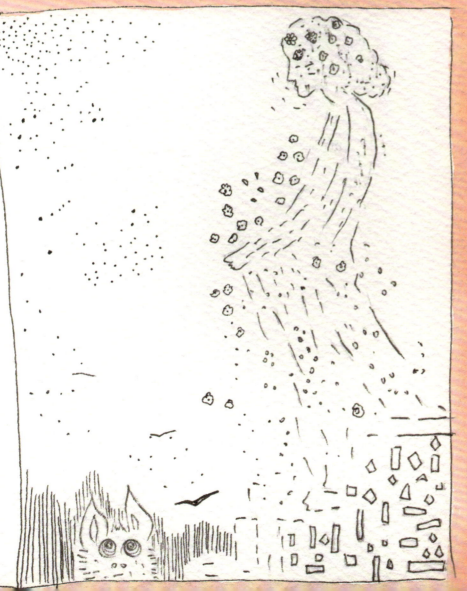

Ele saiu do desenho e andou até uma porta pequena no cantinho da arteria. Adorei! Não tinha visto ainda essa portinha lá. O que será que tem aí dentro? Lembrei da Alice assim que chegou ao País das Maravilhas. Mas nem precisou pensar muito, porque eu logo consegui entrar. Não precisei nem beber a garrafinha!

Assim que entrei pela portinhola, o mundo era outro. Tinha gente de todo tipo. Eles não pareciam muito felizes, e eu via a toda hora um fio que saía deles e ia até o céu. Coisa esquisita. Resolvi perguntar:

– Oi moço, você está bem? Parece um pouco... confuso!

(Eu disse isso para ser educada, sabe? Na verdade ele parecia bêbado.)

– Oi menina, é que eu bebi um pouco a mais. Mas está tudo bem...

E saiu andando.

Mais à frente havia uma moça com o vestido aberto, andando meio pelada. Do outro lado tinha uma moça de blusa vermelha e cabelo curtinho. Percebi que era um mundo de pessoas um pouco tristes, sempre penduradas por essa linha. Até que não precisei perguntar nada e uma das figuras me falou:

– Nós somos os fantoches. Fantoches da meia-noite.

Mas por que será que um pintor ia querer colocar essas pessoas na arte?

– Mari, essas pessoas são pessoas. Pessoas fazem parte da arte. A gente sabe que todos têm liberdade de viver como quiserem.

– Fantoche não é aquele boneco que alguém manda no que faz e no que diz?

– É isso mesmo.

– Então, isso quer dizer que eles não são tão livres assim! Tem alguém mexendo neles.

– É por aí, Mari...

Acho que eu entendi. A noite é que mandava nessas pessoas. E à noite elas faziam as coisas que não podiam (ou não queriam) fazer de dia. A noite é mesmo um lugar onde muitas coisas estranhas acontecem. O Di Cavalcanti quis mostrar isso pelos desenhos. Eu gosto deles! E gostei de entrar aqui nesta portinha. Parece que é um lado escondido. Quem sabe? Pode ser.

Saí de lá e fui dormir um pouco.

Enquanto dormi, sonhei com A Negra me pedindo de novo para avisar sua irmã que agora ela estava curada e tinha dois peitos de novo. Acordei com um sorriso no rosto! Já tinha sol pela janelinha. E quando estava pronta para sair, Di Cavalcanti chegou.

– Bom dia, menina! Dormiu bem?

– Bom dia, Di. Dormi sim. Obrigada por me deixar ficar aqui. Mas agora eu preciso ir. Tenho que dar um recado para a irmã d'A Negra, que vive lá na Bahia. E ainda não sei como vou fazer para chegar lá.

— Bahia? Ah, a Bahia é linda. Você vai gostar. Acho que posso ajudar. Vá até a praia e pegue carona com meu amigo Pescador. Tome, leve este bilhete. Ah, e leve também este quadro. Essas cinco moças podem te ajudar quando você tiver dúvidas. Mas olhe, elas só podem sair do quadro uma por vez. Depois elas somem, pois voltam para Guaratinguetá, cidade de onde vieram. Então pense bem antes de chamá-las.

Que legal! Barco, pescador e um quadro! Já estou adorando esse mundo do Di Cavalcanti. Olhei para o quadro com As Cinco Moças de Guaratinguetá e pensei: acho que ele me deu isso de ajuda porque elas têm cara de fofoqueiras! E ri bem baixinho. As fofoqueiras sempre sabem de tudo, não é? Ainda mais porque elas estão quase todas olhando para nossa cara. E parece mesmo que estão cochichando alguma coisa, com cara de desconfiadas... Você não acha?

Uma delas ficou irritada e falou de lá de dentro de Guaratinguetá:

— Já que você acha isso, não vou te contar que aqui por esta rua você dá em uma casa vermelha onde vivem umas pessoas que podem te ensinar o caminho.

— Não! Moça de Azul... Desculpa! Eu só estava dizendo que parecia... Mas nem tudo o que parece é!

— Ah, melhorou. Então você já pode me chamar para sair! Quero ser a primeira.

E assim, a Moça de Azul saiu do quadro e foi me guiando pela rua. Enquanto conversávamos, fiz umas perguntas sobre a irmã d'A Negra. Ela me disse que desconfiava de quem poderia ser, mas que ainda não tinha certeza. Provavelmente, alguma das outras quatro amigas dela deveria saber. Chegando mais perto da Bahia, vamos descobrir.

Olhei para frente e vi uma casa vermelha. Perguntei para a Moça de Azul:

— É aquela casa ali?

Ela disse que sim!

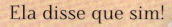

Fiquei feliz e saí correndo para ver quem é que estava lá dentro. Espiei pela janela e vi duas moças muito bonitas. Expliquei que estava atrás de um pescador para me levar à Bahia. Elas responderam com uma frase estranha:
— Siga o som dos violões.

Violão? O que isso tem a ver com pescador? Não entendi nada... Mas fiquei um pouco em silêncio para ver se ouvia algum som. E, de repente, ouvi um sonzinho lá no fundo.

Cheguei até uma casa com duas moças lindas tocando violão!

Como tem mulher, moça e menina no mundo do Di Cavalcanti! E são sempre lindas. Negras, charmosas e misteriosas. Por isso que vim parar aqui procurando a irmã d'A Negra de Tarsila.

Fiquei ali parada ouvindo. Uma música muito bonita e animada. E quando terminaram de tocar, aplaudi e aproveitei para perguntar:

– Oi, moças, tudo bem? Estou procurando um pescador, amigo do Di Cavalcanti, que vai me ajudar a chegar até a Bahia. Vocês sabem como eu faço para encontrá-lo?

– Bahia é a terra do nosso professor, grande Dorival! Acho que você podia ir até a beira da praia. Ele está sempre lá cantando.

– Legal!

Ainda ouvi mais um pouco da música das meninas, em seguida saí de lá bem contente. Música deixa a gente feliz. Quando olhei para o lado a Moça de Azul já tinha sumido. E agora? Vou ter que chamar outra moça? Como é que eu vou saber quem é o Dorival? Que música ele canta? E onde é a praia?

– Olha, eu estou pronta para te levar. Estou até com um guarda-sol! – disse a Moça de Rosa e Vermelho lá atrás, segurando uma sombrinha!

Eu achei bem engraçado alguém ir para a praia de guarda-chuva! Mas resolvi chamar minha mais nova amiga para sair do quadro. Assim que saiu, ela me explicou quem era Dorival:

– Você sabe, menina, que Dorival é baiano? É um grande compositor e está ao lado do pescador que irá te levar. Muitos pescadores gostam dele. É porque Dorival entende bem como funciona a vida dura desses trabalhadores... Existe uma música dele que diz: "Um pescador tem dois amor, um bem na terra, um bem no mar..."

Comecei a pensar em como é bonita a vida de quem ama o mar... E como essa profissão é comum no Brasil. Nosso país tem tanta riqueza natural! E depois de um tempo lembrei que eu conhecia aquela música! Minha mãe via uma novela em que ela tocava!

A moça parou de cantar assim que viu a praia se aproximando! Na beira da areia, havia um monte de gente em volta de vários barcos. Com certeza ali estava o Dorival e o Pescador.

Cheguei mais perto e quando virei para agradecer a Moça de Rosa e Vermelho, ela já havia desaparecido!

Não é demais essa história?

Procurei por um violão e enxerguei lá no fundo um senhor muito simpático de bigode e cabelo grisalho. Cheguei mais perto e fiquei ouvindo a música do violão. A voz do Dorival é bem forte e bonita.

– Oi! – eu disse um pouco cansada. – Sou Mariana! Meu amigo Di Cavalcanti me mandou aqui. Olha só! – entreguei o bilhete.

Fiquei esperando a reação dos dois com o coração acelerado... E ufa! Os dois sorriram para mim. Subi no barco e o Dorival continuou a cantar.

– Você também vai para a Bahia, Dorival?

– Vou sim. Visitar uns parentes! Estou com muita saudade de lá. O Rio é muito bonito também, mas gosto mesmo é da minha terra.

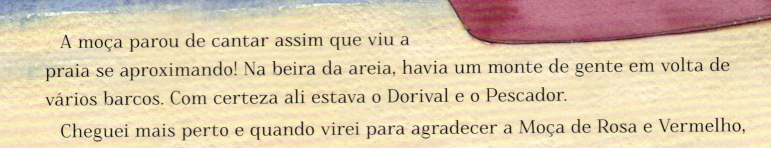

– Eu estou indo procurar a irmã d'A Negra, você conhece? Da Tarsila do Amaral?

– Ah, pode ser que eu conheça... Fale-me um pouco sobre ela. Conheço uma morena linda e charmosa, fiz até uma música para ela. Chama-se Gabriela.

Enquanto conversávamos, o barqueiro ajeitava tudo para a gente partir. Aqui era confortável e o calor que vinha do sol e o cheiro que vinha do mar, junto com a voz do Dorival e seu violão, me davam uma vontade de gritar de alegria! Tinha alguma coisa pulando dentro do meu coração, uma felicidade. Parecia que eu não precisava falar e nem procurar nada, era como se eu estivesse no meu lugar, meu país, meus irmãos.

A música de Dorival dizia assim:

> *Quando eu vim para esse mundo*
> *Eu não atinava em nada*
> *Hoje eu sou Gabriela*
> *Gabriela, ê, meus camaradas*
> *Eu nasci assim, eu cresci assim*
> *Eu sou mesmo assim*
> *Vou ser sempre assim*
> *Gabriela, sempre Gabriela!*
> *Quem me batizou, quem me nomeou*
> *Pouco me importou, é assim que eu sou*
> *Gabriela, sempre Gabriela!*
> *Eu sou sempre igual, não desejo mal*
> *Amo o natural, etecetera e tal*
> *Gabriela, sempre Gabriela!*

– Que música linda! – Bati muitas palmas!
– Adorei essa Gabriela! É forte, guerreira. Gosto muito das mulheres que fazem história!

– É, essa fez história mesmo. Fugindo da seca chegou até Ilhéus, uma cidade da Bahia. Foi trabalhar de cozinheira para um imigrante e viveram uma história de amor. Gabriela era uma mulher que não se importava com o que os outros pensavam sobre ela. Queria ser e era livre.

— Gostei muito. Quando chegar à Bahia quero ver se encontro com ela! E quem sabe, numa coincidência do destino, ela não é mesmo a irmã d'A Negra?

Continuamos a viagem e eu estava mesmo radiante. Passamos por tantas coisas lindas e, finalmente, depois de muitos dias, chegamos.

Eu me despedi dos meus amigos já com muita saudade, peguei meu quadro, que agora só tinha mais três moças, e pulei na água. Ela estava bem rasinha. Assim que desci do barco, encontrei uma mulher com muita tristeza no olhar. Estava nua, apenas com um paninho cobrindo a parte de baixo. Resolvi conversar com ela:

— Olá, moça! Você está bem? Parece triste...

— Oi, menina. Estou com o coração mesmo triste de saudade. Meu marido é pescador e vai e volta sempre. Hoje fiquei me sentindo sozinha em casa e vim aqui ver se o tempo passava mais rápido.

— É. Eu acabei de conhecer uma música que fala sobre os dois amores do pescador, o bem do mar e da terra.

Ela sorriu para mim.

Dei um abraço bem comprido nela e segui.

Pensei comigo mesma: para onde é que eu vou agora? Olhei para o quadro e resolvi chamar a Moça de Verde com um olhar misterioso para me ajudar.

– Moça de Verde? Você poderia vir até aqui?

E assim, ela saiu para viver comigo algumas horas na Bahia. Chegamos a uma cidade que eu nem sei bem qual era. Mas havia uma aldeia de pescadores e alguns peixes gigantes e coloridos.

– Vamos seguir por aqui, Mariana. Acho que encontraremos com Gabriela e já descobrimos se ela é mesmo a irmã d'A Negra – disse a Moça de Verde.

Deve ter sido difícil ser Gabriela. Afinal, a sociedade é ainda hoje muito machista, imagina só nos anos de 1920, quando Jorge Amado escreveu a história dela!

– Machismo é quando os homens acham que são melhores e mais poderosos que as mulheres, acham que não somos iguais a eles e não temos os mesmos direitos, não é? Eu sei o que é isso porque um dia um amigo meu na escola me disse que eu não era mulher só porque usava boné de lado e não gostava de cor-de-rosa. Eu fiquei bem triste. E até cheguei a perguntar para a minha professora se eu era mesmo um homem por causa disso.

– Imagine só! Você é uma menina fantástica! Corre atrás de conhecimento, é aventureira! Isso também é coisa de mulher! Você é uma linda menina-mulher. Não importa a maneira como se veste.

Fiquei feliz, porque muitas vezes eu ficava me perguntando o que queria dizer eu não gostar das mesmas coisas que as outras meninas...

De repente começou a tocar uma música bem alta e alegre... E sem querer entramos no meio de um baile de Carnaval. Era muito maluco! Havia pessoas fantasiadas, coloridas e um pouco estranhas. Eu me perdi da Moça de Verde e tentei encontrá-la sem sucesso algum...

Mas achei um menininho que parecia ser do meu mundo, se é que vocês me entendem! Ele não era uma obra de arte e nem parecia ser do mundo do Di Cavalcanti. Tinha olhinhos pequenos e um cabelo arrepiadinho; estava lá no meio dançando bem animado! Fiquei olhando de longe, achando engraçado. Eu estava doida para saber quem era ele!

Fui tentando atravessar o monte de gente dançando até que cheguei mais perto.

– Oi! Quem é você? Como é que você está aqui no mundo do Di Cavalcanti se não é meu amigo e eu nunca te vi antes?

– Eu sou o Ívilis. Ué... Não sabia que você era dona do mundo dele! Desculpa aí...
Disse isso e continuou dançando.

– Não sou dona, não, Ívilis. Fiquei até feliz de te encontrar aqui! Faz tempo que você entra nos quadros também?

– Ah, faz. Eu entro em todos os quadros que sejam de dança e de música! Quando eu crescer, quero ser músico brasileiro!

– Que legal! É por isso que você só apareceu agora! Antes eu estava no mundo das pessoas da Europa. E na Tarsila, a gente ainda estava descobrindo o que era nossa música, nossas cores, nosso povo. Agora aqui no Di, eu estou em casa. Você não?

– Ô! E muito!

Dançamos juntos e achamos muito legal todas as coisas que estavam acontecendo no Carnaval. Mas eu precisava achar a Gabriela, e o Ívilis queria achar todas as outras músicas populares do Brasil. A gente teve que se despedir! Mas eu sei que daqui a alguns pintores a gente se encontra de novo!

– Tchau, Ívilis!

– Tchau, Mari!

Chamei mais uma moça. Essa daqui, ó, de chapéu vermelho.

– Moça, me ajuda, está ficando tarde já e eu estou preocupada! Queria encontrar a Gabriela para ver se ela é mesmo a irmã d'A Negra!

– A Gabriela gosta muito de música! – disse a Moça de Chapéu Vermelho saindo do quadro e ajeitando sua sombrinha. – Vamos por aqui. Sempre aparece uma moça andando bem à vontade e dançando bastante.

Corremos um pouquinho, porque o dia já estava chegando ao fim. Quando cruzamos um muro de tijolos verdes, lá estava Gabriela! Eu sei que era ela porque estava igualzinho falava a música! Muito tranquila e sem querer dar satisfação a ninguém.

– Ih, a moça está pelada! – ouvi um dos dois meninos ao fundo dizer.

– E o que é que tem? Estou indo tomar sol... – respondeu a moça nua.

Cheguei bem perto dela e perguntei:

– Oi, eu sou a Mariana! Por acaso você se chama Gabriela?

– Oi, Mariana! Sou eu sim. Gabriela, muito prazer!

Expliquei toda a história e ela nem conhecia quem era A Negra da Tarsila. Mesmo assim foi muito simpática e eu fiquei feliz em poder conhecê-la. Ela me explicou que tinha uma amiga bem bonita e tímida que trocava cartas com sua irmã que morava no Rio ou em São Paulo, não se lembrava direito. A Gabriela disse que sempre lia as notícias para ela porque essa amiga não sabia ler muito bem. E parece que já tinha lido alguma coisa sobre um feitiço.

– É ela!!! – eu disse animada.

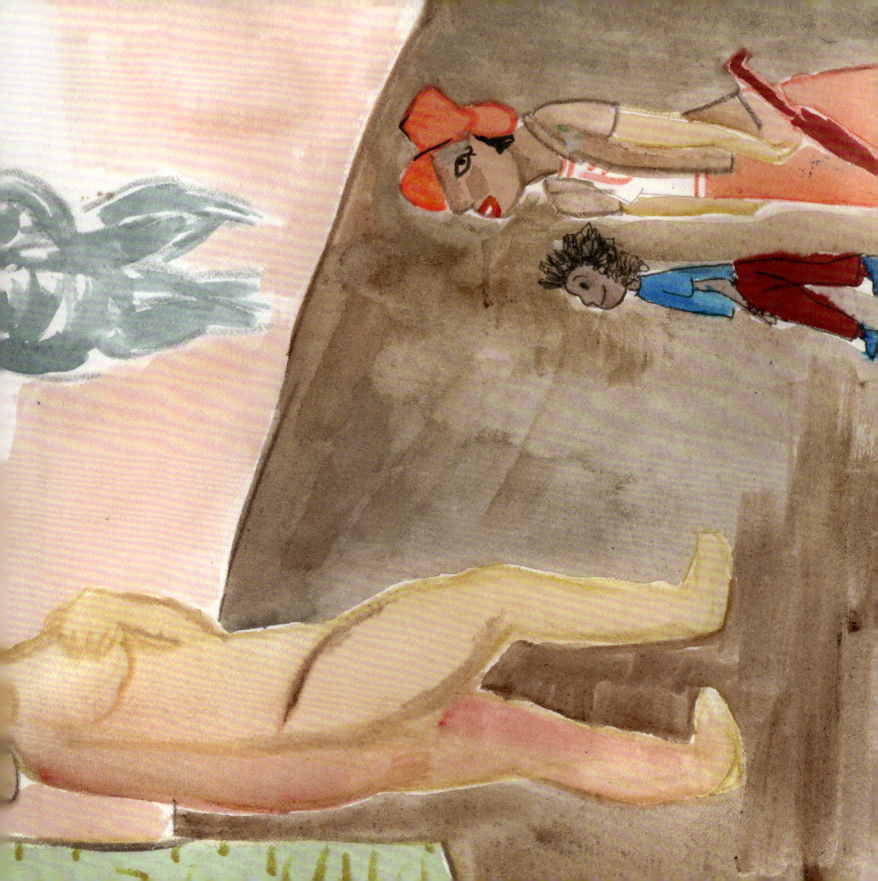

Então, tive de chamar a última moça de Guaratinguetá! Essa do fundo, na janela.

Ela já sabia tudo! Desceu do quadro e me falou que essa moça ficava sempre perto da Roda de Samba onde Gabriela ia às vezes dançar.

Fomos até lá!

E no cantinho, apreciando a música que agora era um samba-canção, vi uma moça linda, bastante tímida e graciosa.

– Olá! Você, por acaso, tem uma irmã que se chama A Negra?

Ela levantou rapidamente a cabeça e deu um sorriso branco e largo!

– Sim! Você conhece minha irmã! Há tempos ela não me dá notícia! Nenhuma carta. Estou preocupada.

– Não precisa mais se preocupar! Ela está bem. Namorando o Abaporu! E ele conseguiu libertá-la do feitiço!

Ela pulou de felicidade. Logo a roda se animou e começamos a sambar.

O Ívilis chegou junto também. E eu estou achando que tem mais coisa para eu descobrir por estas terras. Não vou embora tão cedo da Bahia, não.

APOIO DIDÁTICO

APRESENTAÇÃO

As páginas a seguir buscam oferecer apoio aos familiares, professores ou interessados que queiram aproveitar a leitura da *Mari Miró e as Cinco Moças de Guaratinguetá* para além das palavras, tornando materiais as imagens e personagens encontrados na narrativa sobre a obra do artista brasileiro Emiliano Di Cavalcanti.

O título faz parte da coleção Arte é Infância, lançada em 2014 pela editora Ciranda Cultural, que conta, até o momento, com as seguintes narrativas e respectivos artistas: *Mari Miró* (Joan Miró), *Mari Miró e o Príncipe Negro* (Paul Klee), *Mari Miró e o Cavaleiro Azul* (Wassily Kandinsky), *Mari Miró e o Homem Amarelo* (Anita Malfatti); *Mari Miró e o Menino com Lagartixas* (Lasar Segall); e *Mari Miró e o Abaporu* (Tarsila do Amaral).

Em *Mari Miró e as Cinco Moças de Guaratinguetá*, Mari vislumbra o movimento inicial da arte moderna brasileira por meio dos antecedentes apresentados nas narrativas anteriores, como o contato com as vanguardas europeias e a correspondência e intercâmbio dos artistas de nosso país com aqueles que foram responsáveis pela grande inovação formal nas artes visuais.

A obra de Di Cavalcanti é bastante rica e diversificada. Contamos com variadas técnicas e atuações no cenário modernista. Pintor, desenhista, caricaturista, ilustrador, ativista, jornalista e escritor, Di, além de ser um dos idealizadores da Semana de Arte Moderna de 1922, foi o responsável pelo aclamado cartaz que a divulgou. É também um dos fundadores do Clube dos Artistas Modernos (CAM) em 1932.

Durante sua trajetória artística, a experiência europeia transformou-se em um olhar sensível às características do povo e da cultura brasileira: a mulher, o samba, os pescadores e as paisagens. É por isso que na narrativa de *Mari Miró e as Cinco Moças de Guaratinguetá* ele nos encanta com suas personagens, viajando desde as ruas do subúrbio carioca até as vielas da Bahia, permitindo o encontro com os nascentes ritmos brasileiros e outras personalidades da cultura do Brasil.

APOIO DIDÁTICO

Este material foi concebido a partir da vivência e da experiência em sala de aula com alunos de diversas faixas etárias, e também do trabalho com diferentes linguagens: arte-educação e incentivo à leitura e escrita.

Objetivos gerais da coleção:
- Formar o público infantil para recepção da arte.
- Auxiliar professores no preparo de atividades com as obras dos pintores, as músicas e ritmos, antes ou após a leitura dos livros.
- Aprofundar o estudo da obra dos artistas e a relação entre a criança e a arte.

Objetivos específicos:
- Permitir ao professor abordar aspectos artísticos e históricos por meio das reproduções das obras incorporadas no livro paradidático.
- Subsidiar a mediação do professor na produção de releituras que possibilitem o fazer artístico do aluno

nas mais diversas linguagens: escultura, música, dança, texto (poesia ou prosa), pintura e teatro.

Público-alvo:
- Professores de Português e Artes (Ensino Fundamental I);
- Profissionais que trabalham com oficinas de estudo (com crianças de 06 a 11 anos);
- Professores de Educação Infantil (mediante adaptação das atividades).

Você encontrará uma pequena biografia de Emiliano Di Cavalcanti, acompanhada de dados históricos essenciais para a abordagem em sala de aula. No momento específico de sequência didática, no qual há a apresentação das obras, utilizo a metodologia triangular proposta por Ana Mae Barbosa, articulada com outras ideias do fazer artístico de professores e estudiosos da área de arte-educação, além das adaptações necessárias à realidade com a qual se trabalha.

As sugestões de aulas contemplam três momentos: a apreciação, a contextualização e o fazer artístico. Na última etapa, há mais de uma opção de trabalho, portanto o professor deverá selecionar aquela que for mais adequada à turma e à faixa etária dos alunos com os quais trabalha, ou aproveitar a mesma imagem para uma sequência de encontros.

a) **Apreciação:** o educador incita a percepção dos alunos com perguntas abertas, mediando o olhar, mas sem direcioná-lo, a menos que seja sua intenção. Por exemplo, em uma obra abstrata, como alguns quadros de Kandinsky, perguntar sobre as cores, as formas; se não houver respostas satisfatórias, buscar alternativas como: as formas são orgânicas? As cores são frias? Este momento é importantíssimo para a reflexão e o envolvimento, tanto coletivo quanto individual. É interessante que o professor consiga equilibrar a participação de todos, para que se sintam convidados a expressar suas sensações. Dependendo da turma, esse momento pode demorar a acontecer de fato. Muitas vezes, os alunos não estão preparados para esta (auto)análise, tampouco a disciplina da sala permite um momento de silêncio e reflexão. Porém, com a insistência e a paciência do professor, o hábito começa a surgir e, depois de alguns encontros, eles aprendem que não há como olhar uma imagem ou ouvir uma música que não cause nenhuma sensação.

Este é o momento de ouvir, mais do que falar. O professor deve conduzir os comentários, que serão livres, ao propósito de sua aula, e somente depois de a turma esgotar as possibilidades, deverá prosseguir com a contextualização. Alguns educadores preferem dar o nome da obra/pintor ou música/grupo antes da apreciação. É recomendável que não o façam no caso de obras abstratas para que haja liberdade de expressão por parte dos apreciadores. No caso de um exercício que tenha como objetivo uma narração, por exemplo, já seria bastante interessante fornecê-lo. Portanto, nada como saber o que deseja e colocar em prática para pesquisar os resultados.

b) **Contextualização:** esse é o momento da aquisição do conteúdo. É muito importante que seja realizado de maneira instigante, aproveitando tudo o que fora discutido durante a apreciação, para que o aluno consiga relacionar suas sensações ao conteúdo e sinta vontade de realizar a atividade proposta pelo educador. É interessante que, simultaneamente, conduza uma reflexão ou discussão sobre a obra.

c) **Fazer artístico:** As sugestões elencadas neste material contemplam as mais variadas linguagens artísticas, de literatura a teatro. Qualquer atividade proposta deve ser bem instruída pelo professor, que fornecerá o material a ser utilizado, bem como exemplos de execução. A partir de então, ficará atento para verificar o andamento da elaboração (individual ou em grupo), incentivando e auxiliando os alunos de maneira atenciosa.

CONTAÇÃO DE HISTÓRIAS

Para contar uma história é preciso conhecê-la previamente e encontrar nela elementos narrativos centrais. O professor pode utilizar diferentes elementos para atrair a atenção das crianças (alfabetizadas ou não). Desde o famoso baú ou mala que contenha elementos lúdicos para envolver os alunos (como pedaços de tecido, plumas, brilhos, formas geométricas, chapéus, acessórios, borrifadores, trilha sonora, instrumentos musicais, etc.) até os recursos de mudança de voz, caretas, maquiagem e roupas diferenciadas.

Nas histórias da coleção Arte é Infância, o mundo da fantasia é o eixo principal. Utilizando as imagens das obras dos pintores, alguns elementos táteis e sonoros, torna-se fácil trazer essa atmosfera para a sala de aula. Cada educador escolhe as linguagens com as quais está familiarizado para reproduzir a história.

A seguir, uma sugestão de materiais e procedimentos para o livro *Mari Miró e as Cinco Moças de Guaratinguetá*.

- Imagem ampliada da obra *Cinco Moças de Guaratinguetá*, (de preferência que as moças estejam recortadas e possam ser retiradas uma a uma do quadro; faça isso com velcro e uma base mais firme, como MDF);
- Marionetes (podem ser caracterizados como os de Di Cavalcanti);
- Barquinho de brinquedo;
- Violão ou aparelho de som para tocar o som do violão;
- Músicas de Dorival Caymmi;.

Com esses elementos centrais fabricados, o professor pode narrar a história aos poucos, enquanto mostra os objetos para as crianças. Depois, os materiais utilizados podem ser aproveitados para realizar dinâmicas com os personagens e, inclusive, para direcionar as atividades que serão apresentadas mais adiante.

LEITURA COMPARTILHADA

Essa atividade tem como principal função ensinar o prazer da leitura aos alunos. É o momento no qual o professor lê ensinando à criança que a leitura se dá com atenção, dedicação e paciência. É preciso saborear as histórias, os poemas. É preciso concentração.

O grande desafio desta geração guiada pelos eletrônicos é concentrar-se em atividades nas quais o movimento se dá interiormente. É preciso ensinar a contemplação. Tarefa difícil, mas não impossível. A maneira de realizá-la é mostrar que o livro contém histórias. E não há ninguém que não goste e não se interesse por histórias. Afinal, todos escrevemos e vivemos a nossa própria história, e sonhamos com o futuro breve ou distante, fabulando, desta maneira, constantemente.

O professor desempenha um papel de modelo para o aluno, principalmente nos primeiros anos de educação formal, por isso é interessante mostrar que o hábito da leitura faz parte de sua vida e abre as portas para um mundo grande e rico.

DESENVOLVIMENTO DA ATIVIDADE COM CRIANÇAS NÃO ALFABETIZADAS

1ª etapa

Diga às crianças que o livro contará uma história que aconteceu com uma menina muito esperta, quando ela tinha 7 anos de idade. Explique que ela estava na sua aula de Artes e gostava muito de descobrir as histórias por detrás de um quadro.

Mostre a imagem da obra *Cena de rua com mulher*, de Di Cavalcanti, e compartilhe as impressões dos alunos sobre a obra. Comente sobre as cores e as formas.

Só depois de perceber o interesse da turma, pergunte se os alunos querem conhecer a história desta personagem chamada Mari.

2ª etapa

É importante criar um ambiente agradável para que as crianças não se sintam cansadas ou desinteressadas. Para isso, disponha os alunos em círculo ou semicírculo, no qual você ocupe uma posição visível para todos. Leia sempre com a ilustração virada para eles, para que vejam as imagens ou, não sendo possível esta organização, tenha como pano de fundo as imagens do livro *Mari Miró e as Cinco Moças de Guaratinguetá* e das obras de Di Cavalcanti em uma grande tela.

3ª etapa

Comece pela capa e pelo título. Deixe as crianças emitirem impressões espontaneamente e observarem a capa. Pergunte se alguém se lembra do quadro que a personagem gostou e force as relações com o título.

4ª etapa

Avise que você fará uma primeira leitura do livro, que durante a leitura todas as crianças devem prestar atenção. Se tiverem alguma pergunta ou impressão sobre a história, os alunos podem manifestar. Mas, se quiserem contar algo parecido, só poderão fazê-lo depois do final do livro.

5ª etapa

Após a leitura, abra um espaço de troca. Ele pode começar por alguma criança de maneira espontânea ou por você, que se apresenta como leitor. Comente sobre as imagens e faça uma breve síntese da história para resgatar a atenção de todos e para explicar o que a narração pretendeu. Esta atitude irá contribuir para a produção de sentido e complementará o significado esboçado pelo texto.

Outra intervenção interessante pode ser a releitura de alguns momentos descritos no texto, por meio da pergunta aos alunos: qual o momento de que você mais gostou?

Diante das respostas e releituras, você irá encontrar direções de interpretações divergentes ou criar as relações entre texto e imagem que as crianças poderiam fazer.

É interessante deixar a imaginação livre para que as crianças brinquem com a obra de arte de Di Cavalcanti.

6ª etapa

Estimule a turma perguntando como imaginam outras ilustrações que poderiam existir no livro. Faça os alunos produzirem mais quadros de Di Cavalcanti.

7ª etapa

Apresente mais obras do pintor e o plano de aula sugerido neste material.

* FLEXIBILIZAÇÃO PARA DEFICIÊNCIA VISUAL

1. Grave o livro em áudio e dê para o aluno levar para ouvir em casa. Ele deve se aproximar do texto antes da turma.

2. Durante a leitura em sala de aula, descreva oralmente as imagens e estimule a turma a fazer o mesmo.

3. Estimule o aluno a sugerir imagens e faça-o participar ativamente da atividade.

DESENVOLVIMENTO DA ATIVIDADE COM CRIANÇAS ALFABETIZADAS

Elas podem possuir o livro ou não. Repita as etapas de 1 a 3 conforme descrito anteriormente.

4ª etapa

Leia o texto com clareza em voz alta. Pare sempre que terminar um parágrafo para acompanhar o interesse da turma e resgatar as opiniões.

Ou ainda, peça para que os alunos abram o livro na primeira página de texto e leia em voz alta, enquanto eles acompanham a leitura. A partir do momento em que Mari Miró passa a ter a voz narrativa, peça para que as duplas leiam em voz baixa, observando as ilustrações.

5ª etapa

Após a leitura, abra um espaço de troca. Pergunte se os alunos gostaram da história e quais os momentos mais interessantes.

Diante das respostas, você irá encontrar direções para saber qual a melhor forma de trabalhar com a sugestão de aulas deste material.

É interessante deixar essa conversa fluir e ouvir todas as impressões das crianças, pois a imaginação é necessária para compreender a obra de arte de Di Cavalcanti.

6ª etapa

Apresente mais obras do pintor e o plano de aula sugerido neste material.

FLEXIBILIZAÇÃO PARA ALUNOS COM DEFICIÊNCIA AUDITIVA

1. Utilize um vídeo previamente gravado com a língua brasileira de sinais do livro *Mari Miró e as Cinco Moças de Guaratinguetá*. A cada página lida em sala, passe o vídeo para que os alunos com deficiência auditiva possam acompanhar.

2. Durante a leitura em sala de aula, apresente as ilustrações para eles.

3. Estimule os alunos a participarem ativamente da leitura compartilhada.

Mari Miró e as Cinco Moças de Guaratinguetá

A personagem Mari Miró caminha pelas ruas do Rio de Janeiro até encontrar uma portinha bem convidativa. Descobre o mundo das formas e cores de Di Cavalcanti e embarca em uma grande aventura que a leva até a Bahia.

EMILIANO DI CAVALCANTI (1897-1976)

Didi era o apelido de infância de Emiliano de Albuquerque Mello, nasceu no centro do Rio de Janeiro e, em 1900, sua família mudou-se para São Cristóvão. Aos 12 anos, começou a escrever versos e fez aula de desenhos com Gaspar Puga Garcia. Com a morte do pai, foi obrigado a trabalhar, começando como caricaturista e ilustrador na *Revista Fon Fon*. Em 1917, Di Cavalcanti mudou-se para São Paulo e realizou sua primeira exposição individual na redação da revista *A Cigarra*. Passou a trabalhar no jornal *O Estado de São Paulo*, onde o apelido Didi encurtou e se afirmou.

A partir dessa época ilustrou inúmeros livros e atuou com os amigos intelectuais mentores do Movimento Modernista Brasileiro. A exposição de Anita Malfatti, em 1917, causou impacto impressionante ao pintor e o levou amar o universo do Pós-impressionismo e Expressionismo.

Participou e idealizou a Semana de Arte Moderna junto a Mário de Andrade, Oswald de Andrade, Anita Malfatti, entre outros. O cartaz responsável pela divulgação da semana é de sua autoria.

A pintura é uma arte que precisa de isolamento. A festa da Semana de Arte Moderna, terminada a embriaguez dos dias de ação, pôs-me diante da postura de Carlitos no final de seus filmes... Era preciso ir além.[1]
Di Cavalcanti

1. ELUF, Lygia. *Di Cavalcanti*. São Paulo: Folha de São Paulo: Instituto Itaú Cultural, 2013. p. 19

FASES DA OBRA DE DI CAVALCANTI

Utilizaremos aqui uma espécie de guia simples para leitura visual das obras de Di Cavalcanti. Será bastante útil para o momento da contextualização, na sequência didática. A divisão e nomenclatura das fases seguem estudo realizado por Lygia Eluf.

ANOS 1910 E 1920

Publicação do primeiro trabalho como caricaturista na *Revista Fon Fon*. Ilustra livros e revistas. Participa ativamente da chamada "geração modernista heroica", com a organização da Semana de Arte Moderna. Filia-se em 1924 ao Partido Comunista Brasileiro (PCB).

ANOS 1930

É um dos fundadores do Clube dos Artistas Modernos (CAM), juntamente com Flávio de Carvalho, Antonio Gomide e Carlos Prado. É preso três vezes neste período por sua atuação política, então exila-se em Paris a partir de 1936.

ANOS 1940

Retorna ao Brasil e participa do júri do Grupo dos 19 juntamente com Anita Malfatti e Lasar Segall. Viaja ao México para o Congresso de Intelectuais pela Paz.

ANOS 1950

Participa da Bienal Internacional de São Paulo (1951). Recebe o prêmio de Melhor Pintor Nacional na II Bienal. Publica *Viagem da minha vida: O testamento da alvorada*, seu livro de memórias. Representa o Brasil na XXVIII Bienal de Veneza. Em 1958, executa os cartões para as tapeçarias do Palácio da Alvorada.

ANOS 1960

Pinta *Via Sacra* para a Catedral de Brasília. Ganha sala especial e medalha de ouro na Bienal Interamericana do México. Participa do Congresso da Paz em Paris e Moscou. Em 1963, é indicado pelo presidente João Goulart como adido cultural na França.

ANOS 1970

Participa da XI Bienal Internacional de São Paulo e conquista o prêmio da Associação Brasileira de Críticos de Arte (ABCA) pelo conjunto de sua obra. Em 1973, recebe o título de Doutor Honoris Causa pela Universidade Federal da Bahia (UFBA).

Em *Mari Miró e as Cinco Moças de Guaratinguetá*, as obras utilizadas percorrem a trajetória do intelectual e artista Di Cavalcanti passando por todas as fases, visto que estão situadas em todas as décadas. O estilo da pintura e a temática de Di Cavalcanti não possui grandes mudanças. Estão contemplados os desenhos e ilustrações e muito do tema Brasil no artista. Sua relação com a arquitetura pode ser trabalhada pelo professor juntamente com sua atuação política nos congressos pelo mundo e na participação de Bienais Internacionais, caso a maturidade dos alunos permita.

OBRAS

1. *Cena de Rua com Mulher*, 1965
   63,3 cm x 42,7 cm
   Serigrafia
   Museu Nacional de Belas Artes (Rio de Janeiro)

2. *Ophelia*, 1918
   Ilustração para a revista Panóplia
   Nanquim

3. *Fantoches da meia-noite*, 1922
   15,5 cm x 20,3 cm cada
   Caixa de pranchas com os desenhos
   Casa Editora O Livro

4. *Cinco Moças de Guaratinguetá*, 1930
   92,0 cm x 70,0 cm
   Óleo sobre tela
   Acervo do Museu de Arte de São Paulo Assis Chateaubriand

5. *Casa Vermelha*, s/d
   80,0 cm x 60,0 cm
   Gravura, óleo sobre tela
   Acervo da Pinacoteca do Estado de São Paulo

6. *Mulheres na janela*, 1926
   49,5 cm x 40,0 cm
   Óleo sobre cartão
   Acervo da Fundação José e Paulina Nemirovsky

7. *Moças com violões*, 1937
   49,8 x 60,8 cm
   Óleo sobre tela
   Acervo da Coleção Gilberto Chateaubriand (MAM-RJ)

8. *Ilustrações para a obra Gabriela Cravo e Canela*, de Jorge Amado
   Livraria Martins Editora,
   São Paulo, 1958

9. *Sem título (Nu e barco)*, 1929
   33,7 cm x 42,0 cm
   Nanquim, crayon e guache sobre papel
   Acervo do Museu de Arte Contemporânea da USP

10. *Mulheres de Pescadores*, 1969
    90,0 cm x 146,0 cm
    Óleo sobre tela
    Acervo da Pinakotheke (São Paulo)

11. *Carnaval*, 1924
    73,5 cm x 89,0 cm
    Óleo sobre tela
    Acervo do Museu de Arte Brasileira FAAP (São Paulo)

12. *Dengosa*, 1938
    50,5 cm x 73,0 cm
    Óleo sobre tela
    Acervo da Pinakotheke (São Paulo)

13. *Roda de samba*, 1929
    63,5 cm x 49,0 cm
    Óleo sobre tela
    Coleção particular

SEQUÊNCIA DIDÁTICA

1. CENA DE RUA COM MULHER

a) **Apreciação**

b) **Contextualização**
   Anos 1960

c) **Fazer artístico**

   • **Relacionando ideias**
   Apresente o gravurista Oswald Goeldi e trabalhe a relação com o Expressionismo em sala de aula. Caso os alunos nunca tenham tido experiência com gravura, mostre um vídeo introdutório sobre a técnica e seus diferentes suportes. (A instituição Arte Escola possui um vídeo bastante interessante no qual entrevista Anna Bonomi em seu ateliê.) Depois de introduzido o assunto, apresente a obra de Goeldi. Incite os alunos a fazerem relação com a obra de Di Cavalcanti.

   • **Produzindo imagens**
   Utilizando primeiro o desenho, aproveite a obra para introduzir a questão da perspectiva e mostrar o descompromisso com as linhas perfeitas e a força da questão expressiva da obra. Após o desenho dirigido e a compreensão dos alunos, convide-os a utilizar nanquim para preencher os espaços escuros. Depois, completem com caneta hidrocor os detalhes que quiserem compor.

   • **Produzindo textos**
   Crie uma narrativa aproveitando uma gravura de Goeldi e esta serigrafia de Di Cavalcanti.

2. OPHELIA

a) **Apreciação**

b) **Contextualização**
   Anos 1910-1920

c) **Fazer artístico**

   • **Relacionando ideias**
   Apresente o universo das revistas modernistas, se possível, trazendo uma delas fac-similiar para ma-

42 • 43

nuseio e diversas imagens do que seria o começo da diagramação e design no Brasil. Mostre o desenho de fontes e propagandas e convide as crianças a criar um letreiro de fontes originais. Pesquise algumas fontes em manuais de tipografia.

• **Produzindo imagens**

Utilize o bico de pena para reproduzir linhas finas. Caso os alunos nunca tenham utilizado, introduza o material, na medida do possível mostrando o histórico. Convide-os a realizar parte do trabalho, ou a criar uma mulher cujo vestido seja também composto de partes pequenas.

• **Produzindo textos**

Reproduza um diálogo entre o gato e a mulher na ilustração.

3. FANTOCHES DA MEIA-NOITE

a) Apreciação

b) Contextualização
Anos 1910-1920

c) Fazer artístico

• **Relacionando ideias**

Apresente alguns Noturnos de Chopin, escolhidos previamente, para trabalhar com a questão da noite na história da arte. Ao ouvir as músicas, identifique sensações e sentimentos pertencentes ao universo da noite e elenque características da música que conversam com a obra do ilustrador Di Cavalcanti.

• **Produzindo imagens**

Produza uma marionete utilizando como referência um dos fantoches da meia-noite de Di Cavalcanti. Os materiais podem ser desde papel e linha com suporte de palito de dentes, até bonecos com costura e tecidos, com suporte de madeira e linhas de náilon. Isso dependerá da faixa etária dos alunos e da disponibilidade de materiais. O mais importante é oferecer a oportunidade de apresentarem um pequeno esquete depois.

• **Produzindo textos**

Escolha dois personagens da série de Di Cavalcanti para compor um diálogo ou uma pequena narração.

4. CINCO MOÇAS DE GUARATINGUETÁ

a) Apreciação

b) Contextualização
Anos 1930

c) Fazer artístico

• **Relacionando ideias**

Pesquise com os alunos onde é Guaratinguetá e quais são suas características. Explore a vestimenta das moças e a composição visual da cena retratada por Di

Cavalcanti: o uso dos chapéus, sombrinhas, cores dos vestidos, a não utilização de calças, o papel da mulher na sociedade neste tempo.

- **Produzindo imagens**

Reproduza em tamanho real uma das moças de Guaratinguetá para compor uma obra conjunta da sala. Deixe livre a escolha das personagens. Quando finalizar, monte um grande painel em uma parede, mesmo com a repetição das personagens. Aproveite a próxima atividade para compor os balões de diálogos.

- **Produzindo textos**

Depois de fixar em uma parede ou em um muro da escola ou instituição, peça para as crianças, em duplas, criarem pequenas frases que estão sendo ditas pelas muitas moças de Guaratinguetá. Depois, cole-as com os alunos.

5. CASA VERMELHA

a) **Apreciação**

b) **Contextualização**

Pelas características, podemos aproximá-la aos anos 1930.

c) **Fazer artístico**

- **Relacionando ideias**

Apresente o universo da arquitetura com nomes como Gregori Warchavchik e Oscar Niemeyer. Traga imagens e desenhos técnicos de composição de espaços e elabore uma planta baixa de uma casa em papel milimetrado, com régua e lapiseira fina. Depois, explique como se dá a divisão por paredes e a disposição de móveis. Não entre em particularidades muito específicas de escala. Proponha que construam seu projeto de casa térrea com jardim e área exterior.

- **Produzindo imagens**

Reproduza a obra utilizando areia colorida e colagem em um suporte pesado como telha, madeira ou MDF.

- **Produzindo textos**

Realize a leitura do poema *A mulher e a casa*, de João Cabral de Melo Neto. Encaminhe a interpretação para a relação entre a casa e a pessoa que a habita; o corpo como a casa da alma. Convide-os a escrever como seria a casa de sua alma.

6. MULHERES NA JANELA E MOÇAS COM VIOLÕES

a) **Apreciação**

b) **Contextualização**

Anos 1930-1940

c) **Fazer artístico**

- **Relacionando ideias**

Pesquise a relação com a figura da "Namoradeira" do artesanato, especialmente encontrada nas cidades do interior e no nordeste do Brasil. Convide os alunos a reproduzir em argila uma das mulheres de Di Cavalcanti apresentadas na obra *Mulheres na janela*.

- **Produzindo imagens**

Em aquarela e lápis de cor, realize a releitura de *Moças com violões*.

- **Produzindo textos**

Nomeie todas as moças dos quadros e encontre características psicológicas para elas. A partir de então, escolha uma ou duas para realizar uma descrição.

7. ILUSTRAÇÕES PARA A OBRA GABRIELA CRAVO E CANELA, DE JORGE AMADO

a) **Apreciação**

b) **Contextualização**
Anos 1950

c) **Fazer artístico**

• **Relacionando ideias**
Pesquise sobre o movimento feminista e as questões que assolam hoje a humanidade no que diz respeito aos direitos da mulher. Promova um debate com os alunos, respeitando – obviamente – a faixa etária em que se encontram, problematizando as relações e pequenas atitudes dentro de seu universo que representam uma opressão à mulher.

• **Produzindo imagens**
Apresente não apenas essa, mas o conjunto de ilustrações produzidas pelo artista para a obra de Jorge Amado. Cada aluno deverá escolher uma ou mais para reproduzir em isogravura (gravura na prancha prensada de isopor com guache).

• **Produzindo textos**
Leitura e audição da canção de Dorival Caymmi, *Gabriela*. Explore a obra do compositor, apresentando suas músicas, canções e estilo. Realize uma composição (música, texto informativo, poesia, descrição, narração) que fale sobre essa figura icônica da música brasileira.

8. SEM TÍTULO (NU E BARCO) E MULHERES DE PESCADORES

a) **Apreciação**

b) **Contextualização**
Anos 1930-1960

c) **Fazer artístico**

• **Relacionando ideias**
Aborde a profissão e o histórico social do pescador, apresentando músicas brasileiras de diferentes ritmos como *Pescador de ilusões* (O Rappa), *Eu pescador* (Milton Nascimento), *Pescador e Catireiro* (Cacique e Pajé), *A vida de um pescador* (Mato Grosso e Mathias ou Daniel), *O bem do mar* (Dorival Caymmi).

• **Produzindo imagens**
Realize uma comparação cromática entre as duas obras de modo que a turma entenda a diferente intenção do pintor na expressão dos sentimentos. Deixe cada aluno escolher a obra com a qual mais se identificar para realizar a releitura de parte dela.

• **Produzindo textos**
Produza a letra de uma música (paródia ou criação) que fale sobre a figura do pescador. A figura pode ser usada metaforicamente, ou seja, pescador de "algo" ou "alguma coisa".

9. CARNAVAL E RODA DE SAMBA

a) Apreciação

b) Contextualização

Anos 1920-1930

c) Fazer artístico

• **Relacionando ideias**

Aborde o início da música brasileira com figuras do choro e do samba, como Pixinguinha, Noel Rosa e Jacob do Bandolim. Recupere gravações históricas para audição (facilmente encontradas na internet). No caso daquelas que possuem letra, permita a leitura antes, visto que a clareza do som é prejudicada. Pergunte às crianças se imaginam como as músicas eram gravadas antes da existência da tecnologia atual, no começo do século XX. Apresente a evolução da indústria fonográfica no Brasil e no mundo.

• **Produzindo imagens**

Convide os alunos a produzirem um pequeno vídeo que coloque em movimento as cenas retratadas por Di Cavalcanti. É interessante realizar a atividade em grupos e oferecer elementos para que componham a cena: adereços, pintura facial, instrumentos.

• **Produzindo textos**

Oriente os alunos a produzir um texto em primeira pessoa narrando como foi a experiência realizada nas duas propostas anteriores.

10. DENGOSA

a) Apreciação

b) Contextualização

Anos 1930

c) Fazer artístico

• **Relacionando ideias**

Realize uma comparação com a figura da "Namoradeira" do artesanato brasileiro e da *Dengosa* de Di Cavalcanti. Componha dois grupos na sala, em que cada um será representado por uma delas. Apresente propostas de situações nas quais apenas um membro do grupo poderá representar a reação da "namoradeira" e da "dengosa". Proponha coisas simples como: comprar pão na padaria, pedir dinheiro emprestado para um amigo, escolher uma roupa pra sair, acordar e escovar os dentes. A ideia é transformar em uma grande brincadeira na qual as crianças reconhecem uma postura mais extrovertida e outra mais introvertida nos colegas para que respeitem e representem as duas maneiras de se relacionarem.

• **Produzindo imagens**

Realize a releitura de *Dengosa* em papel A3 com tinta guache ou acrílica.

• **Produzindo textos**

Conte uma história sobre a *Dengosa*, utilizando a narração.

REFERÊNCIAS BIBLIOGRÁFICAS

AMARAL, Aracy. *Arte para quê?: A preocupação social na arte brasileira 1930 – 1970: Subsídio para uma história social da arte no Brasil*. São Paulo: Nobel, 1984.

_____. *Artes Plásticas na Semana de 22*. Ed. ver. e amp. São Paulo: Editora 34, 1998.

_____. *Desenhos de Di Cavalcanti na Coleção do MAC*. São Paulo: MAC, 1985.

_____. *Tarsila do Amaral*. São Paulo: Finambrax, 1998.

DI CAVALCANTI, Emiliano. *Viagem da minha vida: O testamento da alvorada*. Rio de Janeiro: Civilização Brasileira, 1955. Vol. 1.

ELUF, Lygia. *Di Cavalcanti*. São Paulo: Folha de São Paulo: Instituto Itaú Cultural, 2013.

INDICAÇÕES DE LEITURAS COMPLEMENTARES

CARPEAUX, Otto Maria. *As revoltas modernistas na literatura*. Rio de Janeiro: Ediouro, 1968.

GOLDWATER, Robert. *Primitivism in modern art*. Cambridge/Londres: Belknap Press of Harvard University, 1986.

KANDINSKY, Wassily. *Do espiritual na arte e na pintura em particular*. São Paulo: Martins Fontes, 1996.

_____. *Ponto e linha sobre plano*. São Paulo: Martins Fontes, 1997.

KLEE, Paul. *Diários*. São Paulo: Martins Fontes, 1990.

_____. *Sobre a arte moderna e outros ensaios*. Rio de Janeiro: Jorge Zahar, 2001.

LICHTENSTEIN, Jacqueline. (org) *A pintura, vol. 7: O paralelo das artes*. São Paulo: Editora 34, 2005.

_____. *A pintura, vol. 8: O desenho e a cor*. São Paulo: Editora 34, 2006.

NAVES, Rodrigo. *A forma difícil: ensaios sobre arte brasileira*. São Paulo: Ática, 2001.

NETTO, Modesto Carone. *Metáfora e montagem*. São Paulo: Perspectiva, 1974.

PEDROSA, Mário; ARANTES, Otília (org.) *Modernidade cá e lá*. São Paulo: Editora da Universidade de São Paulo, 2000.

_____. *Política das Artes*. São Paulo: Editora da Universidade de São Paulo, 1995.

PERRY, Gill. *Primitivismo, cubismo, abstração: Começo do século XX*. São Paulo: Cosac & Naify, 1998.

Roger Drakulya

Vivian Caroline Fernandes Lopes nasceu em 1982, em São Paulo. É educadora social e atua principalmente em projetos com crianças e adolescentes na área de incentivo à leitura e escrita. Doutora em Literatura Brasileira, estuda a relação entre palavra e imagem, poesia e pintura, literatura e artes. Foi vencedora do prêmio Jabuti 2015 na categoria Didático e Paradidático com a Coleção Arte é Infância.